Cuarenta formas de extraviarse en un laberinto

Cuarenta formas de extraviarse en un laberinto

David Avante

www.librosenred.com

Dirección General: Marcelo Perazolo
Diseño de cubierta: Daniela Ferrán
Diagramación de interiores: Flavia Dolce

Primera edición en español - Impresión bajo demanda

ISBN: 978-1-59754-883-0

Para encargar más copias de este libro o conocer otros libros de esta colección visite www.librosenred.com

Dedico este libro a mis mejores amigos: mis padres.

Extravíos en el sueño

I - La muchacha

En un balneario junto al Mediterráneo, un grupo de amigos ve transcurrir los días, sentados a la sombra en la terraza de un café. Hacen durar las bebidas. La temporada declina y no hay ánimo para bajar a la playa. El tiempo parece marcar el paso sobre sí mismo.

Pasa una muchacha espléndida, de juventud deslumbrante, una recién llegada, de seguro. Todos desean saber sobre la joven, excepto uno que dice: "Ilusos, ella existe porque yo la sueño", y ante el rechazo de sus amigos añade: "Mañana ella hará lo que ustedes me indiquen".

Por seguirle la corriente proponen algo absurdo: que la muchacha pase frente a ellos caminando a gatas.

Al día siguiente la joven aparece puntualmente y ante el asombro general realiza minuciosamente la denigrante presentación.

Los amigos están convencidos y piden nuevas proezas. Día tras día la muchacha es sometida al capricho de los contertulios, llegando a realizar todo tipo de exhibiciones.

Es el último día del verano, la temporada se agota. Los amigos están como siempre en la terraza. La joven aparece; se ve envejecida, ya sin rastro de altivez. Ante la sorpresa de los amigos no realiza los actos programados. Se aproxima al grupo, mira a la cara al que la sueña y extrayendo un arma de fuego de su cartera dispara hasta darle muerte.

Se aleja por la playa con paso fatigado.

2 - El sueño

Leyendo a Novalis me topé con la frase: "Estamos próximos al despertar cuando soñamos que soñamos". Entonces, pensé, si la vida fuera un sueño deberíamos despertar de ella, de ese sueño, cuando creyéramos firmemente que soñamos.

Durante días y meses me esforcé en convencerme de que soñaba. Tendido en mi lecho reflexioné: "Hartos sinsabores he recibido ya de esta vida, de este sueño o pesadilla en que me hallo. En verdad que no me apena abandonarla".

Cierto día, cansado ya y a punto de renunciar a la tarea, desperté. Sí, desperté de ese sueño profundo que es la vida, a una nueva vida, a la verdadera vida.

Pasados esos momentos de desconcierto propios de todo despertar, recordé. Llevé hasta la altura de mí vista una de mis manos y observé con indecible repugnancia la oscura garra que tan negros recuerdos me evocaba. Vi con horror, con una sola mirada hacia atrás, toda mi verdadera existencia. Entonces cerré los ojos con fuerza y desee intensamente el sueño. Jamás temí tanto no poder conciliar el sueño.

Cuando me encontré de nuevo en mi habitación, en mi sueño, comprendí que no despertaba de una pesadilla, sino que empezaba a dormir de nuevo.

3 - Una imaginación poderosa

Li Tsan poseía una imaginación tan fuerte que era capaz de convertir en realidad los seres de sus sueños. Muchas veces, al despertar, descubrió a los pies de su cama al animal con que había soñado, que esperaba su despertar para quedar en libertad.

Durante un tiempo los feroces animales soñados por Li Tsan asolaron la comarca.

Un día creó un hombre perverso, que huyó de la casa y cometió innumerables tropelías. La gente del lugar se organizó y logró darle caza. El hombre confesó que Li Tsan lo había creado durante un sueño.

Un grupo de campesinos indignados penetró sigilosamente esa noche a la casa de Li y lo mataron a palos mientras dormía.

En ese momento Li Tsan soñaba que lo mataban a palos.

4 - Sueños

–¿Por qué me odias, Bella Durmiente?
–Te odio, mi Príncipe, por haberme despertado, por sacarme a la fuerza de mi sueño placentero.

Reproche de Bella al príncipe, tiempo después del matrimonio, acusándolo de hacerle ver la vida con demasiada crudeza.

La joven siempre insistió en creerse la protagonista de un cuento de hadas. Sin embargo, desde un comienzo, pese a la oposición de la familia Durmiente, el príncipe mostró a su esposa el mundo descarnadamente: los rigores de la guerra fría, los problemas del subdesarrollo, las tensas relaciones con los países limítrofes y la obligación de asistir a aburridos cocteles en heladas sedes diplomáticas.

Las relaciones de la pareja se hicieron cada vez más tensas, a lo cual contribuía, posiblemente, la incurable afición de él a besar muchachas dormidas. Bella adquirió la costumbre de pasar más y más tiempo durmiendo, para lo cual se recluía en su torre. Primero eran diez, quince, veinte horas dedicadas al sueño; luego, los períodos se alargaron a semanas, a meses completos. Ahora el príncipe la despierta sólo una vez al año, llevando en las temporadas intermedias una vida muy activa, dedicada principalmente a la política.

5 - Una somnolencia persistente

Soy un hombre público. Como tal debo asistir a ceremonias y actos en los que estoy obligado a oír y pronunciar innumerables discursos.

Infortunadamente padezco de somnolencia innata. Por eso he llegado a desarrollar una gran habilidad para mantener la cabeza erguida mientras dormito, adoptando la postura de una profunda meditación. Entre otros, mis recursos son el uso de lentes oscuros, apoyar la barbilla en mis manos empuñadas, usar cuellos duros aunque no estén de moda. De esta forma he logrado sortear todos los obstáculos, haciendo incluso atinadas observaciones a intervenciones que no he alcanzado a escuchar.

Ayer, sin embargo, me dormí en medio de una alocución, y desperté cuando ésta concluía. La novedad es que esas palabras las estaba pronunciando yo.

Mis auditores aplaudieron a rabiar. La crítica afirmó que nunca había pronunciado un discurso más brillante.

Mi problema, ahora, es que me gustaría saber lo que dije, pero no me atrevo a preguntarle a nadie.

Extravíos de famosos

6 - Celos

–Sí, Otelo, te engañé, ¿y qué?

Josefina, antigua amante del Moro de Venecia, mujer de mucho carácter y gran belleza. Otelo la sorprendió haciendo el amor con Cassio, con Rodrigo y hasta con Yago, pero no quiso destruir con un puñal tanta perfección física. Sin embargo, el moro nunca pudo perdonarse a sí mismo el haberla perdonado.

7 - Romeo y su amiga

–Romeo, ya me aburriste. Busca otra tonta que se mate por ti.

Amiga de Romeo, mesonera de la taberna "Los Amigos de Verona", cansada de servir gratis a los jóvenes Montesco, que acudían a diario al establecimiento. Después de la ruptura con tal muchacha, un poco burda, Romeo anduvo buscando con ansias un amor más refinado y puro, acorde con su natural poético.

8 - Cenicienta

–Adiós, Cenicienta, sólo venía a buscar la otra zapatilla. Además, has de saber, no me caso con la chusma.

Pesadilla que sufría con frecuencia Cenicienta después de su matrimonio con el príncipe. A la joven le resultaba muy difícil adaptarse a los ceremoniales de la corte. (Rituales y pasodobles, complicados protocolos). Por alguna razón que ella no alcanzaba a entender, todo el mundo la trataba con frialdad si bien con gran cortesía. Intimaba sólo con su familia, que vivía en un chalet algo apartado del castillo, si bien con todo tipo de comodidades. (Con el tiempo había llegado a querer a sus primas, que ahora le parecían simpáticas e interesantes). Sin embargo, por propia iniciativa, se recluía por largos períodos en sus habitaciones, evitando el contacto con los nobles. Su hada madrina, en tanto, se mostraba indiferente ante sus problemas emocionales, e insistía en transformar ratones en caballos y pepas de sandía en diamantes. Las pesadillas de Cenicienta se hicieron más frecuentes y pronto le fue difícil distinguir a un cortesano de un ladrón, cosa que generó innumerables dificultades. Su amante esposo cumplía escrupulosamente las prescripciones de los médicos; entre otros tratamientos se le aplicaron enérgicas purgas y frecuentes sangrías para eliminar los malos humores, como también sesiones de flagelación para espantar los rebeldes demonios que se habían alojado en su tierno y hermoso cuerpo. Pese a los cuidados, la muchacha empeoró y ya no salía de su torre, que se había transformado en un verdadero claustro para ella.

Murió trágicamente, abrasada por las llamas de un incendio que se dice ella misma inició, en su locura.

9 - Una familia feliz

–Dime, Lobo, ¿te gusté desde un comienzo?

–Sí, Caperucita Roja, me gustaste mucho; tenías un no sé qué, un sabor natural, a selva, a fresas silvestres...

Tierno diálogo entre Lobo Feroz y Caperucita Roja, convertidos ya en feliz pareja, mientras en torno juguetean, lanzando temibles aullidos, sus numerosos hijos, mundialmente conocidos más tarde como los famosos Hombre-lobos.

10 - Dos manzanas sobre la mesa

–Blanca Nieves, te lo suplico, perdóname. No sé cuál manzana elegir, si la roja o la verde.

–Querida Reina Malvada –contestó Blanca Nieves sonriendo–, debes comer de esas manzanas. Una de ellas representa la muerte, la otra el perdón y el olvido.

La primera orden de Blanca Nieves, una vez instaurada en su trono, fue mandar apresar a Reina Malvada y hacerla encerrar en el más profundo y seguro calabozo del castillo. Los días siguientes, mientras atendía las obligaciones propias de su reinado, anduvo inquieta tratando de imaginar cuál sería el mejor de los castigos para la reina hechicera. Una mañana, al despertar, le llegó la idea como por encanto y se estremeció de placer en su lecho. Dejó que las doncellas la vistieran con calma, mientras tarareaba una canción. Luego hizo llamar a su edecán, que era el jefe de los enanos, y le ordenó preparar una celda hermética, con un sólo candil y una mesa en el centro. Un rato después hablaba en secreto con el alquimista oficial de la corte.

Al amanecer llevaron a la bruja a la celda y el edecán leyó el decreto real. "Sobre la mesa hay dos manzanas, una roja y la otra verde, una envenenada y la otra no. Deberás elegir y comer de una de ellas. Si no lo hicieres serás torturada del cenit a la puesta del sol".

La dejaron sola, pero al mediodía no había comido de ninguno de los frutos. Fue arrastrada a las mazmorras y torturada hasta la caída del sol. Esa noche, la mujer pensó mil procedimientos para descubrir la manzana envenenada, pero sus poderes estaban muy disminuidos y nada pudo hacer. Temblando esperó el nuevo día y soportó una vez más la tortura.

Una semana después aún no se decidía. Las manzanas esperaban, indescifrables, sobre la mesa. Esa noche, destrozada, tendida en el suelo, escuchó un tenue chillido. Levantó la cabeza y vio una rata en un rincón de la celda. Se sobresaltó. Pese a su profesión de bruja, le repugnaban las ratas. Había manipulado murciélagos, serpientes e insectos, pero nunca ratas. Sin embargo ahora una idea cruzó fugaz por su mente: atrapar la rata y darle de comer una de las manzanas.

Se deslizó con infinita cautela, movió sus manos haciendo los pases para adormecer, que aún recordaba. La aproximación duró horas. Su cuerpo agotado en el suplicio de las tardes, la obligaba a ratos a detenerse y descansar. Cuando al fin estuvo junto a la somnolienta rata, se torturó pensando que no debía ser demasiado brusca como para dañarla, pero tampoco tan floja como para dejarla escapar. En un esfuerzo supremo estiró los brazos con enorme rapidez cogiendo al animal, el que despertado de pronto, la mordió en un dedo. Aun así lo sostuvo con delicadeza.

Se trasladó hasta la mesa y durante horas –empezó a las siete de la mañana–, se esforzó por hacerle tragar trozos de la manzana verde. Esto resultaba imposible, pues la rata los rechazaba o se ahogaba. Al fin pudo hacerle ingerir un poco de líquido, trabajosamente exprimido. La acarició y cuidó en una tensa e impaciente espera. Era mediodía.

Repentinamente, la rata se estremeció en violentas convulsiones y murió. La mujer lanzó un suspiro de alivio y dejó el cuerpo en el suelo. La miró ahora con afecto, como si se tratara de un animal doméstico que la hubiera acompañado toda una vida. Cogió la manzana roja, todavía intacta sobre la mesa, y comió de ella.

A los cinco minutos sintió las primeras convulsiones. Un dolor intolerable le partía las entrañas. Antes de morir, en medio de violentos espasmos, comprendió que ambas manzanas estaban envenenadas, que la elección era una tortura más, la más insidiosa de todas. Alcanzó a pensar, también, fugazmente, en aquella otra manzana, esa hermosa manzana roja, que había entregado a Blanca Nieves, diez años atrás, en lo más profundo del bosque.

11 - En el teatro

La sala se encuentra colmada de espectadores. Se representa "La importancia de llamarse Ernesto".

Al iniciar el segundo acto el piso del escenario empieza a levantarse del fondo, como si girara sobre invisibles bisagras ubicadas en candilejas. Paulatinamente, a medida que el acto se desarrolla, el piso aumenta su inclinación. Los personajes, sin embargo, no parecen darse cuenta de ello. Gradualmente les resulta más difícil conservar el equilibrio. El piso sigue inclinándose. Los muebles se deslizan, llevados por su propio peso, hasta quedar agrupados en el borde más próximo a los espectadores. Los actores hacen esfuerzos por sostener bien las tazas de café. Dicen sus parlamentos como si nada anormal ocurriera.

El piso está ahora inclinado en cuarenta y cinco grados. Los actores, unos sobre otros, insisten en la corrección de sus diálogos.

12 - El genio y la enciclopedia

Hilario Pino, chicano fatigado de la tecnología, se ha refugiado de la civilización en medio del desierto de Arizona. Allí, lejos de todo, puede ser visto en su cabaña desde gran distancia. A cambio, también él puede extender ampliamente la mirada. Ha renunciado a la incredulidad de la vida moderna, al racionalismo, a la prisa. Cree sin dudas, sin cuestionamientos, que es habitado por fuerzas ocultas.

Mantiene asiduos contactos con cuanto mago o chamán mora en la comarca. Según él se comunican mentalmente, sin necesidad de teléfono o cualquier otro adminículo inventado por el hombre.

Hilario, después de grandes esfuerzos, ha logrado convocar a un genio. (En realidad lo ha liberado de su sepultura, en un cementerio indígena). El genio, horrible de ver, ha prometido concederle un favor.

–Que pueda extraer de mi enciclopedia todo lo que allí aparece representado con fotos o grabados –dijo Hilario, después de pensarlo durante tres días y tres noches.

–Bien, pero con una condición –respondió el genio.

(Pregunta al margen: ¿por qué los genios imponen siempre una condición?).

–¿Cuál? –interrogó Hilario, sospechando una artimaña.

–Que tomes los objetos partiendo desde la primera página y sin saltarte ninguno.

–Está bien, no veo razón para negarme.

La extracción comenzó a la mañana siguiente. Con mano temblorosa abrió el grueso volumen por la letra a. Sacó un ábaco de madera tallada, seguramente valioso, abanicos de diverso origen (egipcio, griego, indio, chino, mejicano antiguo), un abano.

Abano, m. Abanico, 1ª acep.// Aparato en forma de abanico que se cuelga en el techo y sirve para ahuyentar las moscas y hacer aire.

Una abarca.

Abarca. f. Calzado rústico hecho de caucho o de cuero sin adobar. Se ata con correas o cuerdas sobre el empeine o tobillo.

Extrae, en una borrachera de magia, un arcabuz abocardado, un abonador para toneles, un distribuidor de abonos, un abrelatas, y muchos otros objetos, cuyo nombre se inicia con a, que van cayendo a la arena del desierto, con suave quejido. Los artefactos, similares a aquellos que él había odiado en la civilización, van creciendo vertiginosamente desde las páginas de la enciclopedia. Hilario transpira a chorros. Está fatigado ya de repetir el pase mágico que le enseñó el genio. En un esfuerzo final antes de descansar, extrae, con un amplio gesto de los brazos, un acueducto romano.

La gigantesca mole se mantiene unos segundos en pie. El la contempla, hacia lo alto, torciendo el cuello, admirado de su imponencia y orgulloso de la fuerza de su magia. Luego, la gran estructura, mal apoyada por las arenas de Arizona, empieza a desplomarse, lenta, inexorablemente, sepultando a Hilario bajo una montaña de piedras, de bloques que fueron en su tiempo penosamente labrados por esclavos.

Si por el sitio acierta a pasar algún turista extraviado, desviado de las rutas principales, y se asombra con las ruinas del acueducto, los lugareños le explican:

–Se trata de una construcción romana, que trajo un millonario excéntrico de Europa. Dicen que se suicidó cuando la vio derrumbarse.

Extravío entre los hombres

13 - Gioconda

Ha terminado la jornada de trabajo y Gioconda se dirige al edificio donde alquila una habitación, su querida pieza, pequeño cosmos privado y enteramente suyo. La felicidad se agolpa en su pecho, su cuerpo se sitúa en el exacto límite entre el caminar y la danza. Ella ha llegado a ese estado apto para ser admirada; es más, necesita ser mirada como una promesa de belleza y de placer. Hoy Javier, el más joven de los gerentes de la empresa, le ha tomado de pronto la mano en ese fortuito, en ese afortunado apagón de luz del ascensor, y luego la ha llamado por citófono invitándola a salir el próximo fin de semana.

Es la hora en que las tiendas empiezan a cerrar sus puertas. Le gusta ese ajetreo de la gente dirigiéndose a sus casas o lugares de diversión. Piensa en Javier y ella cuando recorran esas mismas calles, caminando hacia la felicidad. Le gusta asociar cada rincón de la ciudad a una canción, a una persona, a un recuerdo de su infancia. Se detiene un minuto frente a la tienda de antigüedades a contemplar su imagen, que se refleja en la vitrina gracias al vidrio espejeado por el sol poniente. ¡Oh, qué es eso! Algo anda mal en su peinado. Habrá que corregirlo cuanto antes.

***

Mis patrones se habían retirado hacía rato cuando llegó Don Julio. Entreabrí la puerta de la tienda y lo dejé pasar, sin malas intenciones. Juro que sólo después se me ocurrió que podía matarlo sin que nadie se diera cuenta de ello. El mismo me dijo: "Paso de improviso, a ver si saco algo en limpio", lo que significaba que no avisó a nadie de su visita. Después se puso pesado acusándome de esto y de aquello, que iba a hacer una demanda judicial y dejarme sin trabajo, que hablaría con los dueños de la tienda contándoles sobre los robos. Repetía una y otra vez las mismas cosas. Parecía borracho. Yo le seguía un poco la corriente, incluso le ofrecí un trago para disimular. Estábamos en el fondo del local, junto al escritorio del patrón, cubiertos de las miradas de la gente que pasaba por la calle gracias a las antigüedades amontonadas por todos lados. Entonces tuve la idea. Sobre el escritorio había una vieja daga que el patrón usa como pisapapeles, así es que me puse de espaldas al mueble y cogí a tientas el arma con la mano izquierda mientras con la otra mano aferraba a Don Julio por la solapa.

Fue fácil. No gritó. Se derrumbó sobre el piso quejándose un poco. Luego se quedó quieto. Me estaba empezando a preocupar por la sangre derramada cuando levanto la vista y veo al otro lado de la vitrina, mirándome con cara de sorpresa, a una muchacha. ¿Cuánto rato había estado allí fisgoneando? Estúpido, pensé, mil veces estúpido, ¿por qué no llevaste con cualquier pretexto a Don Julio al cuarto trasero? Mi primer impulso fue correr tras la joven, pero me contuve a tiempo. No, no podía salir a la calle en ese estado, quizás con las manos o la ropa con sangre. Miro de nuevo y la intrusa ya se había ido.

Destiné casi toda la noche a borrar las huellas. El cuerpo lo llevé al garaje, lo cargué en la camioneta de reparto y fui a tirarlo al río en un lugar solitario.

***

Gioconda ha realizado todas las tareas del día con gusto, aún las más rutinarias. Se siente más grande, más completa, como si algo hubiera crecido en su interior. Lo tengo a él, lo tengo a él, se ha dicho varias veces, y ha debido contener una explosión de alegría, que seguramente habría sorprendido a sus compañeros de trabajo. A media mañana el "junior" le trajo un sobre que contenía la hoja de calendario del próximo sábado donde frente a la hora 18:00 estaba escrito "Salir con Gioconda", y encima con doble subrayado "¡Recuerda!".

Al término de la jornada la tarde es dulce. No desea ir a encerrarse a su pieza. Siguiendo, sin embargo, el recorrido habitual pasa frente a la tienda de antigüedades, donde se detiene un momento para mirar en la vitrina su peinado nuevo, hecho por una amiga que estudia peluquería. Está satisfecha. En su rostro se esboza una sonrisa de complacencia.

***

Hoy ha ocurrido algo increíble: alguien compró la daga. La noche anterior la había lavado y limpiado varias veces hasta dejarla brillante y hoy entra un cliente que se enamora de ella y la compra sin regatear el precio. ¿Puede imaginarse una forma más perfecta de ocultarla? Por eso durante horas he estado riéndome por lo bajo, mientras limpio el polvo o combato las polillas de los vejestorios que se exhiben en la tienda. El día pasó sin mayores incidentes, hasta que en la tarde, después de cerrar, quedé helado de espanto al ver de nuevo a la muchacha parada frente a la vitrina, intentando mirar al interior, con una mueca irónica en el rostro. ¿Qué pretendía? ¿Reconocerme acaso? ¿Grabarse en la memoria mi rostro antes de ir a la policía? O, lo que es más increíble, ¿asegurarse de que estoy en la tienda para más tarde chantajearme?

Esta vez sí supe qué hacer y cerré rápido el local para seguirla. Me deslicé hábilmente tras ella hasta el edificio donde habita, aparentemente sola. Allí esperé, con paciencia, oculto en un sitio eriazo de la vereda de enfrente, hasta pasada la medianoche. El edificio es antiguo, de esos con escalera y corredor por el exterior, el que da directamente a las habitaciones. No hay entonces que pasar por una portería para llegar a las piezas.

Desde mi puesto de observación podía ver su ventana. Cuando la luz se apagó, esperé aún una hora y me puse en movimiento. No tuve problemas para llegar a su puerta. Examiné la cerradura y me estremecí con una carcajada silenciosa: era del tipo más sencillo. Con mi navaja, que siempre llevo conmigo, la abrí sin problemas. Entré deslizándome como un gato. El lugar era tan pequeño que podía abarcarlo de una mirada. A través de las cortinas entornadas entraba un haz de luz del farol de la calle que caía directamente sobre el rostro de ella. Dormía.

Me acerqué lentamente con la navaja en la mano. Iba a ser muy fácil.

Contemplé su rostro y me di cuenta que era hermoso. Me pregunté, ¿es posible tal perversidad en un ser angelical? Chantajearme a mí. De pronto me detuve. Pensé que si deseaba podría poseerla allí mismo, si no ese día cualquier otro. Si ella quería dominarme yo también podía hacerlo.

Creo que la deseo.

Creo que me he enamorado de ella.

No precipitemos las cosas, me dije, y salí de allí sin hacer ruido, haciendo ya planes para las noches siguientes.

14 - Se siente solo

El mundo se encuentra habitado por un sólo hombre. Éste, se siente tan solo que imagina a toda la humanidad, agitada, bullente. La imagina hasta en sus más mínimos detalles, nada se le escapa. Incluso imagina a un escritor, en un rincón del planeta, que imagina que el mundo está habitado por un sólo hombre.

15 - La lotería de Amador "François" Peralta

–¡François, mon cheri! –exclamó "La Madame" extendiendo los brazos en ademán de bienvenida.

Amador Francisco Peralta le ofreció la rosa envuelta en papel celofán que acababa de comprar en la calle.

–Pour vous, la belle –dijo, adulador.

Sabía que esos pequeños gestos le franqueaban las puertas de la casa, pero sobre todo la puerta del pequeño cuarto azul, donde se agrupaban "las niñas".

Nada en el aspecto de Amador Francisco justificaba la traducción al francés de su nombre. Más bien podría tomárselo por un galán de telenovela centroamericana. Vestía impecablemente sus trajes ajustados, luciendo un bigote fino y sedoso en su cara morena. Siempre sonreía, con el propósito de exhibir su correcta y blanca dentadura.

Se encaminó directamente al cuartito azul, donde se arremolinaban las siete niñas de la casa en torno a una pequeña estufa eléctrica, colocada en el suelo. Esperaban la llegada de los clientes, a esa hora escasos. La seguridad de tenerlas para él solo hacía a Peralta elegir el momento, esa hora neutra de la tarde. Mientras atravesaba la sala escuchó las conversaciones y risas que provenían de la estrecha habitación y eso bastó para excitarlo. Hacía frío y ellas se enfundaban en sus largos abrigos; las más modestas se cubrían con una frazada. (A Francisco le gustaba introducir las manos debajo de esos abrigos o frazadas, como quien las mete en el cofre de Pandora).Vestían debajo un "negligé", un ajustado traje que más que cubrir realzaba sus atributos, una faldita corta, una vaporosa blusa transparente. Cuando sonaba el ding-dong en la muralla ellas debían salir a presentarse. Ya sin sus cobertores caminaban una a una, con paso cimbreante hacia el o los posibles clientes, saludaban con un ligero toque de mejillas aprovechando de susurrar al oído "Cristine", "Roxane", "Ivonne"... Madame imponía los nombres franceses. Solo Gertrudis y Julita descreían de esa superstición y se nominaban "Deborah" y "Grace".

–¡Hola, mis amores! –exclamó Amador entrando al cuarto.

Fue recibido por un coro que decía su nombre de las más variadas formas posibles. Para algunas era François o Panchito; para Gertrudis, la más antigua, era simplemente Pancho.

Cuando Amador Francisco aparecía, un pecho se agitaba, una respiración se volvía entrecortada, la de Juanita, alias Margot. Ella vivía esperándolo, se vestía cada día para él. Era la más joven. Venía del sur. Sus frecuentes ataques de epilepsia dificultaban su trabajo en la casa. La Madame se encogía de hombros. "Mientras no moleste a los clientes..."

Ella hacía esfuerzos por ocultar su enfermedad, especialmente a Francisco, aunque Gertrudis se había creído en la obligación de advertir reservadamente al joven, no fuera a ser que éste se entusiasmara.

En el cuarto azul caía ahora, desde el piso de arriba, por el estrecho patio de luz, el sonido de un piano practicando escalas. A Francisco le gustaba demorarse allí, sentado entre "sus niñas", bromear un poco. Entregaba un infaltable regalo, una nadería, decía él, y conversaba animadamente durante un rato. Luego pagaba, "elegía" su compañera del momento y se dirigían a un dormitorio del segundo piso. Sin duda Amador Francisco Peralta era el más pudiente y asiduo de los clientes de la casa.

–¿Cuándo te casas, François? –era la inevitable pregunta.

El respondía siempre con una guasa.

Pero ese día de invierno algo ocurrió en la química de sus emociones, sintió el impulso de lanzar una frase que no pudo, o no quiso retirar.

–Me casaré con la mejor de ustedes –dijo.

Se hizo un silencio repentino. El estudiante de piano practicaba ahora una suave melodía.

–¿Hablas en serio? –preguntó Juanita.

–Nunca he hablado más seriamente en mi vida –contestó él, dándose cuenta que repetía una frase hecha, escuchada en algún filme, y sintió hielo en la espalda.

Entonces, llevado por su idea, sin poder contenerse, les propone un concurso en que él será el premio. Ellas le concederán sus favores, una a una, desplegando todas sus artes, aplacando hasta sus más mínimos deseos. Él, a cambio, contraerá matrimonio con la más destacada.

Ellas aceptan.

Las "sesiones" se realizan fuera, en casa de él, con mucho tiempo, no con "la hora" que les impone Madame. Ellas se esfuerzan. Siete mujeres, cada una con su idea de la perfección del amor. Una se muestra infinitamente afectuosa, tierna, posiblemente con el objeto de compensar sus escasos atributos físicos. Otra es ardiente, dispuesta a fingir el éxtasis cuando apenas la rozan con la yema de los dedos. Aquella, sabedora de sus ventajas físicas es exhibicionista, se mantiene alejada de su amante para facilitar la contemplación de su cuerpo, hace que las luces la bañen. Una cuarta conoce toda la geometría del amor. Sólo Juanita se muestra torpe y nerviosa.

La ronda termina y las mujeres requieren el veredicto. Él está indeciso. Pide otra vuelta.

En un titánico esfuerzo en pos del placer, Amador Francisco emula el Kamasutra, estudia las variaciones del amor, que a la larga le parecen un tema repetido.

Termina la segunda vuelta. El aún no sabe elegir. “Todas han sido tan perfectas, tan encantadoras, me ha confundido tanta belleza”. Pide un mes de descanso.

A su regreso se reanuda todo el proceso. Pasan tres meses. Él no se decide.

Va a transcurrir medio año. Él todavía dice: “Me casaré con la mejor”.

Las visitas al cuartito azul han cesado. Durante todo el verano “las niñas” escuchan las notas del estudiante que caen por el estrecho patio de luz. Madame llama a presentarse, implacable, una y otra vez. Ellas susurran sus nombres ficticios en los oídos de los clientes. Ya no se nombra a François. Saben, se lo dicen una a otra con medias palabras: él está todavía en la ciudad. Se turnan para vigilarlo. Cada tarde, en el cuartito azul, una de ellas dice: “Sigue allí”, y luego hablan de otras cosas.

Al fin, Gertrudis y Julita van a verlo. Le proponen una sesión con las siete. Así, viéndolas juntas le será más fácil elegir. El accede, inclinando la cabeza.

El día señalado Gertrudis y Julita van a buscarlo a su casa. El desea vestirse adecuadamente. Las dos mujeres esperan, en silencio, junto a la puerta del dormitorio. Luego lo escoltan al hotel que han elegido.

–¿Por qué esa cara de tristeza? –preguntan ellas, mientras caminan–. ¿Es tan terrible el matrimonio acaso?

–No lo sé, no lo sé. Sólo entiendo que el destino es una serpiente que se muerde la cola.

El olvida comprar su habitual regalo.

Un ave pasa graznando por el cielo gris.

Suben una larga escalera sin decir palabra. En la habitación los esperan cinco mujeres silenciosas. Una de ellas oculta un puñal.

Lo desnudan entre todas y ellas también se desvisten. Van inclinándose para besar distintas partes de su cuerpo. Gertrudis le tiende una copa de vino. El las deja hacer y bromea de vez en cuando, pero su risa se escucha forzada.

Gertrudis extrae de su escondite la pequeña daga. Es ella quien asesta la primera puñalada. Amador Francisco lanza un quejido gutural.

Cuatro mujeres lo sostienen de brazos y piernas y una a una van cogiendo la daga y entregando su cuota de muerte. El puñal cubierto de sangre, es difícil de sostener con firmeza. Una, nerviosa, lo hiere en un muslo.

Han dejado de retenerlo. Bañado en sangre Francisco se levanta, se arrastra hacia los pies de la cama. Allí lo espera Juanita, la última.

–¿Tú también, Margot? –pregunta con voz ronca.

–Margot no, Juanita –contesta ella, asestando la última puñalada.

16 - El funeral de Panchito Banderas

Pese a su juventud, Francisco Banderas, más conocido como "Panchito Banderas", vive angustiado con la idea de la muerte. "De tanto ocuparte de la muerte no vives –le reprochan los amigos–, "y nos molestas trayendo a las tertulias esa señora seria, esa señora incómoda". Él dice: "Si lograra vivir la experiencia de la muerte, la olvidaría, espantaría el miedo".

"Pues, te haremos un velorio y enterraremos cuando se te ofrezca", replican los amigos en son de chanza, "Para qué están los amigos si no, no faltaba más".

Panchito Banderas desaparece por varios días, para presentarse de pronto muy pálido, cual un fantasma.

–Acepto –dice con voz ahogada.

–¿Aceptas qué?

Los amigos no entienden.

–Pues hombre, acepto ser velado y enterrado vivo. Yo correré con todos los gastos, por supuesto.

Rápidamente los amigos se entusiasman con la idea. Hacen preparativos. Todo debe llevarse a cabo muy seriamente. "Con gran dignidad", dice Panchito. "Seré velado durante veinticuatro horas, como corresponde, trasladado en cortejo fúnebre, e introducido en un nicho, etcétera".

Y todo se efectúa de acuerdo a lo planeado, o casi todo. "El ensayo general de la muerte", como empiezan a llamarlo, se desarrolla admirablemente, a espaldas de parientes asustadizos, pero a la vista de curiosos. El "muerto" soporta bien el encierro. Se mantiene inmóvil, rígido, muy pálido, al punto que sus amigos se inquietan y rompen el protocolo para comprobar que está bien.

Hace calor. Camino al cementerio marcha un cortejo poco nutrido. Algunos de los acompañantes que no estaban en el secreto han defeccionado cuando "el muerto" golpeó la tapa del ataúd pidiendo agua: se muere de sed. La comitiva sigue su marcha, el féretro ahora descubierto, compuesta por los amigos y recién llegados, dispuestos a reírse con la broma. El ánimo se ha relajado, las chanzas y los chascarros menudean. El "finado" asoma una mano, haciendo adoses con un pañuelo. El discurso que se tenía preparado se transforma en una pieza satírica, interrumpida por aplausos y silbidos, y por alguna que otra acotación del afectado.

Por fin el ataúd es cubierto e introducido en un nicho. Se produce una espera incómoda. Se escucha el silencio. Alguien se asusta: ¡que extraigan el féretro!

Desenlaces posibles:

1. Panchito Banderas es encontrado muerto.
2. El ataúd está vacío.
3. El féretro se encuentra lleno de un líquido putrefacto que se balancea y escurre por los bordes.
4. Dentro hay un anciano desdentado y medio descompuesto, que ríe incesantemente, guiña un ojo y dice: "Yo fui Panchito Banderas".

17 - No pisarás sombras

Para los azimutkaris, pueblo seminómade del norte de África –proverbial es su habilidad con el arco y la flecha–, constituye una ofensa grave pisar la sombra del otro. Los viajeros que han visitado sus poblados, suelen hablar del caminar zigzagueante de la gente por las calles, o de las curiosas y pintorescas cabriolas que hacen las mujeres cuando compran en el mercado, empeñadas en esquivarse mutuamente las sombras que proyectan.

Cuentan que entre los azimutkaris, también llamados azimutíes por ciertos naturalistas, representa una muestra de gentileza que al cruzarse caminando dos personas se de un brinco saltando la sombra del otro. Tal gesto ha llegado a reemplazar al saludo o al equivalente de levantar el sombrero en nuestra cultura, por lo que se lleva a cabo aún sin sol.

Los actos multitudinarios, se realizan siempre al mediodía y duran sólo hasta que el sol declina levemente, lo cual explicaría el escaso interés que manifiesta el pueblo por la política.

Otra información interesante: entre los azimutíes resulta peligroso salir a pasear a la caída del sol: no es raro recibir un flechazo desde el otro costado de la aldea, proveniente de algún ciudadano indignado porque le han pisado su sombra.

18 - Titulares en la prensa

Margarita tiene ocho años. Ha descubierto un truco para hacerse simpática: cada vez que desea algo especial, cuando quiere prevenir un riesgo real o supuesto, dice con su cara más seria "¿Es que quieres aparecer en los titulares de la prensa?" Luego, con el rostro aún más severo enuncia el supuesto titular. Así, cuando su madre intenta atravesar corriendo una calle hace su habitual pregunta y lanza luego, triunfante, "Imprudente señora e hija atropelladas por correr en ancha avenida". El día que el centro de padres rechazó la idea de una excursión al río, el titular fue "Colegio de monjas en huelga de hambre por negativa de padres y apoderados". El recurso sirve a los más variados fines. "Joven mordido fieramente en oreja por hermana chica" es el titular ante una broma del hermano mayor. El truco funciona siempre, siempre causa risa.

Ese día Margarita decide acortar el camino de vuelta a casa aprovechando un sitio baldío que llega de una calle a otra. Hasta hace poco las pesadas máquinas de demolición han despertado la curiosidad de los transeúntes, pasando una y otra vez sobre los escombros, cual torpes monstruos. A medio camino, de una depresión del terreno, emerge el hombre, que la atrapa dolorosamente por un brazo. "Ven conmigo", dice con voz ronca.

El hombre comienza a golpearla. Sólo desea que se esté quieta, que no le tema. Ella exclama, llorando, "¿Es que quiere aparecer en los titulares de los diarios?".

Pero el hombre no se ríe.

19 - En el país de los ciegos

Chang Yui sufría por haber nacido con un ojo. Su amargura se transformó con el tiempo en odio a los demás y acentuó su aislamiento. Dedicó su vida a buscar el país de los ciegos.

A los cincuenta años, Chang escuchó hablar de una tribu, escondida en la soledad de Manchuria, donde todos carecían del preciado beneficio de la vista. Emprendió una larga y esperanzada peregrinación en busca de ese pueblo oculto.

Al cabo de diez años de seguir tenues pistas, los encontró, escondidos en las montañas, porque así como ellos no veían a nadie no querían ser vistos.

Logró que aceptaran su presencia y emprendió de muy abajo su camino para llegar a ser rey, que ese era su verdadero propósito. Empezó a ganarse la vida actuando como adivino o ilusionista en la plaza del pueblo. Así, encontraba objetos extraviados que sin embargo habían permanecido casi al alcance de la mano durante años, provocando la risa y admiración de las mujeres. Sabía donde se encontraba un pájaro antes de que se escuchara su canto, lo cual era juzgado como extraño. En cambio era considerado incapaz en muchos aspectos. No podía distinguir un gorrión de una paloma por el sonido de sus alas al batir el viento; no era capaz de encontrar la ruta de regreso a casa por el olor que producen los caminos; ni siquiera sabía deducir el estado de ánimo de la gente por el sonido de sus pasos.

A las pocas semanas sus conocimientos extraños y excesivos se hicieron sospechosos, en cambio sus debilidades causaban lástima. El chamán de la tribu presentó al consejo de ancianos, máxima autoridad, una acusación de brujería en contra de Chang. Se empezó a vigilarlo. Había siempre un encargado de escuchar su caminar, dondequiera que fuese.

Fue juzgado. Se dictó sentencia.

Tres meses después de su llegada al pueblo, Chang Yui fue quemado por brujo, en un ritual de gestos y manos ciegas.

20 - La casa vacía

En la mansión vacía el aire se estremece de pronto con un largo y triste grito, pero, como la casa está vacía, nadie lo escucha.

Ni siquiera tú, lector, que tan sólo puedes imaginarlo.

El grito, inútil, se pierde y agota en las habitaciones.

21 - Uñas

–¡Florentino, despierta, Florentino!

Florentino Ubillas abrió a medias los ojos, tratando de no despertar, pero la mano de su esposa, que le remecía el hombro como si se tratara de un saco de papas no daba lugar a réplicas.

–¿Qué ocurre, Chela? Deben se las tres de la mañana.

–Las doce en punto –replicó ella–, y lo que ocurre es que alguien pide auxilio en alguna de las piezas.

Guardaron silencio y, efectivamente, pudieron escuchar un quejido o llamado lejano, como si proviniera de las profundidades de la tierra. La consciencia de hotelero de don Florentino le dijo que si había algún parroquiano en apuros debía acudir en su ayuda sin demora; pero, como una forma de hacer algo sin tener todavía que salir de la cama, trató de recordar los nombres y la ubicación de los clientes alojados en El Foresta y si alguno de ellos había manifestado estar enfermo. Pero un nuevo requerimiento y remezón proveniente de su nerviosa compañera terminó por sacarlo del lecho.

En el corredor el grito, o llamada, era más perceptible. Doña Chela, bien enfundada en una gruesa bata, lo había seguido, pues su curiosidad le impedía esperar el resultado del trámite en cama. Pasaron frente a la habitación 204 y el grito se hizo más nítido. En la 205 adquirió su máxima potencia y en la 206 empezó a declinar. Volvieron sobre sus pasos.

–Es en la 205 –dijo el señor Ubillas–, es Mr. Johnson.

Golpeó en la puerta con los nudillos.

–Mr. Johnson, ¿está usted bien?

Le respondió un grito más insistente, en el que pareció reconocerse la palabra “auxilio”.

–¡Dios mío, el pobrecito ha sufrido un ataque de parálisis, que le impide hablar! –exclamó doña Chela–. Llamemos al doctor Flores.

–Primero voy a despertar a Juanito para que traiga las llaves, y de paso avisaré al doctor Flores que está alojado en la 104 –dijo Florentino Ubillas, empezando a bajar las escaleras, tan rápido como su abultada anatomía se lo autorizaba. Mientras, doña Chela se quedó junto a la puerta lanzando palabras de ánimo al parroquiano de la 205.

Fue necesario que pasaran diez minutos, en los que no cesaron los gritos de Mr. Johnson, para que Juanito llegara con el duplicado de la llave y la introdujera en la cerradura. El pestillo giró, pero la puerta se abrió sólo unos milímetros.

–Hay algo detrás de la puerta –dijo el señor Ubillas.

–¡El cuerpo de Mr. Johnson! –exclamó doña Chela.

Entretanto el ruido y las carreras habían atraído a varias personas, que hacían un ruedo en torno al sitio. Los hombres aplicaron sus espaldas contra la puerta en un intento de abrirla, sin que ésta cediera.

–¡Por qué tiene que ocurrir esto en mi hotel! –exclamó Florentino Ubillas.

El doctor Flores, que ya se encontraba entre la concurrencia, opinó que había que sacar la puerta, y rápido. En tanto no dejaban de escucharse los gritos de Mr. Johnson, que más parecían reclamos de alma en pena que articulaciones de garganta humana. Juanito corrió a buscar sus herramientas y al cabo de unos minutos estaba trabajando en quitar la puerta, previa autorización a regañadientes de don Florentino. Para ello fue necesario retirar el marco y luego hacer palanca con una barreta. Para entonces la mayoría de los huéspedes y personal del hotel se encontraba en el corredor.

–¡Dejen espacio, que va a caer! –ordenó, autoritario, el doctor Flores.

En efecto, la puerta cayó hacia el pasillo con estruendo, y ante los espectadores apareció un muro compuesto de una maraña impenetrable de cintas o huinchas delgadas. Daba la impresión de que alguien hubiera apilado fardos de pasto en el umbral hasta llenar el hueco por completo.

–¡Qué es eso! –exclamó doña Chela.

–A ver, a ver ¿con qué nos hemos topado? –se preguntó el doctor Flores rascándose la barbilla.

–¿Por qué tienen que ocurrir estas cosas en mi hotel? –se quejó Florentino Ubillas.

El doctor Flores se aproximó a la pared de huinchas con el ceño fruncido.

–¡Cuidado, doctor! –exclamó doña Chela, temiendo que del extraño tejido emergiera algún reptil o algo parecido.

Ahora se escuchaba más nítidamente el lamento del ocupante de la 205. La trama de cintas era tan compacta que difícilmente se habría podido introducir un dedo entre ellas. El médico dijo secamente, extendiendo una mano, como si se encontrara ante la mesa del quirófano: "Tijeras".

Juanito se apresuró a pasarle el instrumento que pedía, sacado de su caja de herramientas que había traído prudentemente consigo. El doctor Flores cortó un segmento de huincha con dos certeros tijeretazos y se aproximó a la luz para examinarla con detención.

–Es uña –dijo enérgicamente, como si se tratara de un experto en minas que descubre un filón de un mineral poco noble–, uña de hombre.

Se escucharon exclamaciones de asombro entre los espectadores.

–¡¿Uña?!

–Efectivamente, por lo visto la habitación está llena de uñas.

El doctor se aproximó a la entrada y gritó hacia el interior:

–Mr. Johnson, sabemos que no puede usted articular adecuadamente, pero responda con un grito se es sí y con dos si es no. Pregunto: ¿está usted aprisionado por ligaduras que le impiden moverse?

Se escuchó un grito afirmativo.

–¿Tiene dificultades para respirar?

Otra afirmación.

–Mr. Johnson, aparentemente a usted le han crecido las uñas durante la noche, ¿puede usted confirmar este supuesto?

Después de un momento de vacilación se escuchó un grito afirmativo, de tono desesperado.

Se reunieron a deliberar, un poco retirados de la puerta para que el afectado no los escuchara. Había que llegar hasta Mr. Johnson y sacarlo de allí a como diera lugar. Se escucharon múltiples propuestas. Algunas fueron rechazadas con energía por el señor Ubillas, como llamar a la policía o abrirse paso quemando las huinchas corneas con un soplete de gas.

–¿Insensatos, es que quieren incendiar "El Foresta"? –exclamó indignado, y añadió por enésima vez–. ¿Por qué tienen que ocurrir estas cosas en mi hotel?

Se envió una misión a inspeccionar la ventana de la habitación 205 por fuera, para lo cual debió instalarse una escalera. Después de romper el vidrio de la ventana y desplazar la cortina se toparon con idéntica masa de uñas.

–Lo que preveía –expresó el doctor al conocer la noticia, frunciendo el ceño–. Por lo visto la habitación está repleta de uñas, que crecieron girando una y otra vez sobre sí mismas.

–Pobre Míster Johnson –exclamó doña Chela–, le dije hace poco que podía terminar mal si persistía en su manía de tomar calcio de ostra. Y pensar que yo misma le corté sus uñitas anoche.

–¿Le cortaste qué? –interrumpió don Florentino nervioso. Pero decidió dejar para más tarde un interrogatorio a su mujer, dada la urgencia del momento.

El doctor Flores inquirió por la distancia de la puerta a que se encontraría la cama con el infortunado Johnson. Ubillas estimó que a tres metros.

Por fin se decidió acometer la empresa desde el pasillo, abriendo un túnel en dirección a la cama. Para tal efecto se utilizarían tijeras de podar u otro instrumento que resultara conveniente. Iniciaron la faena a la una de la madrugada, turnándose para cortar, o si se quiere podar las tenaces huinchas. Pronto descubrieron que el instrumento más adecuado eran las tijeras de cortar latón. Se turnaban cada diez minutos en la confección de un túnel de unos ochenta centímetros de diámetro, donde sólo podía introducirse una persona, que se alumbraba con una linterna portátil. Debían usar antiparras para protegerse los ojos, ya que las filudas puntas saltaban a veces, lastimando la piel. Los gritos del aprisionado se escuchaban cada vez más débiles; los trabajadores le enviaban frecuentes palabras de aliento y esperanza, sin interrumpir la faena. "Paciencia, querido Mr. Johnson, paciencia, que ya llegamos". Les respondía un aullido más quejoso. El doctor supervisaba y dirigía la operación, tomando medidas para que el forado no se desviara. Las mujeres iban extrayendo con escobas los restos de uña que quedaban en el piso y daban bebidas a los acalorados zapadores que emergían hacia al exterior. En el frente de ataque, al fondo del túnel, el calor era sofocante y se transpiraba a chorros. Se debió acortar los turnos a cinco minutos.

A las tres de la mañana el túnel presentaba una longitud de dos metros y medio. Los quejidos de Mr. Johnson se escuchaban muy debilitados, sin bien próximos.

Desenlaces posibles:

1. Mr. Johnson es encontrado muerto. Cuando logran extraerlo de su sarcófago córneo, es llevado a una habitación vecina. Las personas que lo velan el resto de la

noche, si se fijan atentamente, pueden apreciar casi a simple vista cómo crecen, todavía, las uñas de los diez dedos de sus manos y los diez dedos de sus pies, tal como crecen las cañas de maíz en una primavera cálida.

2. El túnel prosigue, más allá de los tres metros, trabajoso, cansador. Ya no se escucha el grito de Mr. Johnson, sólo el chasquear de las tijeras. A los seis metros todavía no se encuentra nada, sólo uñas.
3. Mr. Johnson ha desaparecido. Sólo resta una cavidad delineada por la maraña de uñas, que sigue perfectamente el vaciado de un cuerpo.
4. Al despejar, trabajosamente, la masa de uñas que lo envuelve, se descubre un cuerpo calcáreo, como un gran muñeco de carey, que aun emite por la boca semiabierta, un tenue quejido, metálico, artificial.
5. A esa hora, los trabajadores empiezan a salir del túnel diciendo que distinguen una extraña luz al frente. El mismo doctor Flores penetra en el socavón para apreciarlo con sus propios ojos. Intrigados, continúan perforando. La luz se hace cada vez más potente. Mr. Johnson ha dejado de oírse. Descubren que la luz les quema la piel si permanecen mucho rato en el túnel. Deben usar gafas oscuras para proteger sus ojos. A las cuatro la luz es tan fuerte que llega hasta el pasillo. Solo uno o dos hombres se atreven a continuar trabajando.
6. Al final del túnel, donde debiera encontrarse la cama, descubren una puerta. Entra el doctor Flores para examinarla. Gira el pomo y se abre. Descubren un paisaje amplio y sombrío. La puerta está en la ladera de una montaña, desde donde se distingue un valle con bosques dispersos, surcado por algunos ríos. A lo lejos, altas montañas bañadas por un sol rojizo, extraño.
7. Inesperadamente la masa de uñas termina. Los trabajadores penetran a un recinto de unos tres por tres

metros, cuyas paredes están formadas por los mismos fardos de unas. Una solitaria lámpara cuelga del cielo dispersando su luz amarilla. Al centro está Mr. Johnson, sentado en una silla mecedora, fumando su pipa, los mira con cara divertida.

8. Cualquier otro desenlace que parezca inquietante al lector.

22 - Causalidad circular

Don Julio siente que el mundo se derrumba cuando, pretextando malos tratos, su mujer le pide el divorcio. Pese a su gran fortuna, no obstante sus queridas, esperándolo allá, en sus departamentos alhajados, dispuestas a satisfacer sus caprichos, mira un día en torno y se encuentra... solo, lamentablemente solo. Experimenta, con sorpresa, esa mordida en las entrañas que es sentirse rechazado; él, un hombre de tanto dinero. Por ello, cuando conoce a Maribelle, no descansa hasta hacerla suya. Ocurre en un balneario de lujo. Ella, muñeca deseada por todos los hombres, gira lentamente en torno a la piscina del hotel, armada con un diminuto bikini amarillo; él, como regalo de presentación, le envía un Corbette deportivo, de igual color que el traje de baño. La muchacha, incapaz de resistir el asedio, acepta la propuesta de matrimonio a la semana.

Maribelle se casa con don Julio pensando en Carlos, su novio, desde entonces su amante, estudiante de medicina a duras penas, que financia la costosa carrera con trabajos esporádicos y préstamos. Desde entonces Maribelle no pide joyas ni vestidos a su rico esposo, sino dinero, contante y sonante, "para mis gastos personales, querido". Gran parte de las sumas que recibe van a parar a manos de Carlos, al bolsillo de Carlos, el joven huérfano que ha sido criado por una costurera.

La mitad del dinero que Maribelle le pasa a Carlos es entregada por éste a Eugenia, la modesta costurera, la madre adoptiva, la pobre mujer que vive mareada por el orgullo de estar formando un profesional. Ella humedece siempre con lágrimas los sobres con billetes, que mensualmente le lleva el estudiante, el cual no visita mucho su antiguo hogar, donde ha vivido durante veinte años, después de la muerte de sus padres. Prefiere el internado de estudiantes. Lo aleja la presencia torva de Martín, el hijo natural de la costurera, que se desliza por la reducida casa, sin decir palabra, mirando de soslayo, saludando apenas.

Martín odia al padre que preñó a la joven Eugenia tan solo para olvidarla a ella y a su hijo, que hasta la trata con desprecio las pocas veces que la costurera se atreve a escribirle o a llamarlo por teléfono. Eugenia no pierde la ocasión de alimentar el odio del hijo por el padre, sintiendo de esta manera, quizás, aliviado su propio rencor. Los amigos de Martín, reunidos en las esquinas, le reprochan su pasividad: "Debes ir donde el viejo y pedirle una mensualidad. Para eso está podrido en plata".

Martín logra separar, con gran esfuerzo, parte del dinero que le pasa su madre, que ella puede darle gracias a la ayuda de Carlos, y éste gracias a Maribelle, y Maribelle… Con él compra un revolver en el mercado negro. Atesora el arma durante un tiempo. La extrae de una caja, que oculta debajo del piso, la mira, le saca lustre. Una noche, espera al padre en una calle apartada. Sabe por donde pasa, de vuelta de su visita semanal a una de sus amantes. En la obscuridad que arrojan los árboles, lo detiene.

Don Julio no ve el rostro del asaltaste, solo el brillo del revólver a la luz de un rayo de luna que se filtra a través del follaje. Decide evitar el riesgo de extraer su propia arma, que lleva siempre consigo; prefiere acceder a todo lo que el ratero le exija. El asaltante dice, con voz ahogada:

–¿Sabe quién soy?

Don Julio no se atreve a responder. Quizá se moleste si le digo que no lo sé.

–Pues soy Martín, el hijo de Eugenia –escucha decir a la voz.

Don Julio intenta recordar inútilmente.

–¿No recuerda el Pasaje Tropezón 2, casa 3?

–Sí –dijo el millonario, mintiendo para ganar tiempo, seguro ahora de que se las veía con un loco–. ¿Qué ocurre en el Pasaje Tropezón 2, casa 3?

–Allí vivo yo y mi madre.

–¿Qué quieres decirme, hijo?

–¿Por qué me llama ahora *hijo*?

–Es una forma de decir... a fin de cuentas tú podrías ser mi hijo, ¿no?

Entonces Martín dispara... tres veces.

23 - El Coliseo

El Coliseo de Roma huele a orines, como seguramente ha olido siempre. Entre la piedras cariadas por el tiempo y empobrecidas por los ladrones, se mueven los turistas, muchas veces sin saber qué pasó allí. En la estrecha faja que resta de arena, numerosos gatos romanos calientan sus panzas al sol. Don Pepino les lleva diariamente un saco con restos de carne que le regalan en el matadero. La va lanzando, trozo a trozo, al círculo donde combatieron hombres llenos de coraje y de miedo. Don Pepino se regocija cuando un trozo especialmente suculento da origen a disputas y peleas entre los felinos.

24 - Currículum del inmortal

1812, 18 de febrero, en el ocaso del París napoleónico, nace Jean Baptiste, hijo de Alphonse Noiret y Marie Simon.

1830: asiste a la polémica Cuvier - Geoffroy Saint-Hilaire sobre anatomía comparada y decide su vocación de biólogo.

1850: en la Francia enamorada de la ciencia, mientras investiga en el anonimato de un laboratorio parisién, Jean Baptiste descubre casualmente la fórmula que le permitirá vivir para siempre. Decide probar en sí mismo la ansiada pócima, (que, para información el lector no es la raíz de mandrágora que probaron los alquimistas).

1851-1900: malgasta cincuenta años en un ir y venir, ocultando su longevidad a la curiosidad ajena.

1901: se casa. El matrimonio se malogra al envejecer ella, mientras él permanece sin cambios.

1914: en la confusión de la guerra, un obús le vuela un brazo.

1930: fracasa su segundo matrimonio por la misma razón que el primero.

1940: sufre grandes heridas en las piernas durante un bombardeo alemán sobre Varsovia, donde estudiaba nuevos explosivos para el gobierno francés. En un hospital de campaña los médicos le amputan ambas extremidades.

1959: es condecorado por De Gaulle.

1959-1969: permanece en un asilo para inválidos de guerra.

1970: su cabeza sobrevive a una explosión de una "autobomba" colocada por un terrorista en la puerta del asilo.

En la actualidad, la cabeza de Jean Baptiste se encuentra en un centro de investigación norteamericano, donde es sometida a experimentos. Una vez al año trata de decir algo, infructuosamente.

25 - El último bosque

En el mundo han desaparecido los bosques. Queda sólo uno: un grupo de árboles escondidos en un valle, entre altas montañas; sus hojas tiemblan con el viento de las alturas y en invierno se cubren con un protector manto de blancura. De alguna forma misteriosa el bosque intuye su soledad.

Un día de verano llega un excursionista.

–¡Qué maravilla! –exclama el excursionista–, ¡naturaleza no tocada por la mano del hombre!

Caza un conejo.

Enciende una fogata y lo asa.

Se inicia el incendio.

La mente extraviada

26 - Una pregunta peligrosa

Los dos monjes caminan lentamente por los largos corredores. De pronto el más joven tiene una idea que no puede, o no quiere, guardar para sí.

–Si el paraíso de los gatos –dice–, es el infierno de los ratones, ¿de qué es infierno el paraíso del hombre?

El moje de más edad lo mira extrañado, sin responder.

Un tiempo después el monje más joven es llamado a comparecer ante el Santo Oficio, por proponer que el paraíso pudiera ser una forma del infierno.

27 - El loco

El sol calienta el asfalto con furia. Los hombres pasan, chaqueta al hombro, aflojándose la corbata. Los vehículos detenidos por el tránsito espeso insisten en hacer oír sus bocinas. Alguien grita en la calle: "Pecadores, arrepentíos, que se acerca". El sonido monocorde de ese grito me taladra los oídos. "¡Aleluya, que ya viene, aleluya!". Ahora grita a mi lado, incesante. Me molesta ese grito.

Me doy cuenta que era yo el que gritaba.

Guardo silencio.

La gente pasa a mi lado evitando mirarme a la cara. Los vehículos insisten en sus bocinas. Alguien grita de nuevo, a lo lejos: ¡Aleluya, que ya viene, pecadores!

28 - No demostrar nada

Cae la pura luz de Grecia sobe el ágora, haciendo más nítidas todas las cosas. El grupo se ha refugiado a la sombra de un pórtico y el sofista ha terminado de exponer una arriesgada tesis. Uno de sus discípulos pregunta:

–¿Maestro, cómo puede demostrar lo que dice?

–No es necesario demostrar nada –contestó él.

–¿Cómo puede demostrar eso? –replicó el inquieto discípulo.

–He dicho que no es necesario demostrar nada; por tanto no es necesario demostrar que no es necesario demostrar nada.

29 - Los buenos propositos

El Maestro preguntó a su discípulo:

–Ahora que debes emprender tu propio camino, ¿cuál será el propósito de tu vida?

–Será que de hoy en adelante no diré jamás una tontería –respondió el estudiante.

–No digas tonterías –replicó el Maestro.

30 - Creer o no creer, he ahí el dilema

Cuentan que el filósofo Emille Rater, materialista consumado, discípulo de La Mettrie, cuando lo interrogaban sobre si creía en Dios, caía en evidente contradicción respondiendo:

–No creo, a Dios gracias.

Otro filósofo de la misma época, más prudente, respondía a igual interrogante, llevando la duda a un extremo patológico:

–Creo que no creo, pero ni de eso estoy seguro.

Extraños extravíos

31 - El explorador

El explorador desciende del cohete y se interna en la selva del planeta desconocido. Camina feliz, estudiándolo todo. Siente el vértigo de los antiguos pioneros. Se escucha el grito de un pájaro invisible.

De pronto una dolorosa estocada le penetra el costado torciéndolo en dos. El gran insecto lo observa, moviendo sus ojillos facetados mientras recoge la lanceta, de la que escurre una gota de veneno verde. El frío mortal lo inunda.

En la copa de un árbol, envuelto en un fino capullo de seda, el explorador observa a lo lejos, en el claro del bosque, la nave reluciente, mientras siente como se mueven en su abdomen las larvas, que se alimentarán durante semanas, para emerger finalmente al aire transformadas en extrañas mariposas.

Abajo, en la densa selva, se escuchan los gritos de sus compañeros, llamándolo.

32 - La pareja

En el mundo quedan solo dos personas. Un hombre y una mujer jóvenes. Vagan sin rumbo, sin encontrarse, de una ciudad en ruinas a otra ciudad en ruinas.

Un día se topan en una estación bencinera aun habitable, en medio de un desierto. Hablan. Conviven unos días, sin llegar a intimar.

Ella encuentra que él no es su tipo. Él no la encuentra atractiva.

Se separan.

33 - La bienvenida

La tripulación sale del cohete, que se ha posado suavemente en la superficie del planeta. Esto es muy parecido a la añorada Tierra. Están felices. Van de árbol en árbol, contemplan animales casi se diría reconocibles. Pasan el día yendo de un lado a otro, sin encontrar vida inteligente.

Al caer la noche, sin embargo, son atacados con armas poderosas que los destruyen, implacablemente, uno a uno. Antes de morir, el capitán logra comunicarse por radio con sus agresores:

"Nuestro pueblo estaba alborozado con vuestra visita" –escucha–. "Salimos a esperarlos a la planicie, a darles la bienvenida; pero ustedes descendieron corriendo de su nave, acallaron nuestros discursos con gritos estentóreos. Uno de ustedes puso el pie encima de la banda que interpretaba marchas solemnes y luego recorrieron los campos aplastando aldeas a su paso. Por todo eso y más los hemos destruido".

"Es una lástima que no se hayan dado cuenta de que somos las hormigas".

34 - Argumento para ciencia ficción

En el pueblo de X, situado en una zona rural, los habitantes llevan una vida de esfuerzo y olvido, como en tantos lugares del planeta. Trabajan la tierra con sus herramientas primitivas, descansan, van al templo periódicamente, tienen hijos, se hacen viejos. Sin embargo esas vidas son sutilmente anómalas, todo parece distorsionado, como visto a través de una lente deforme. ¿Se trata de una comunidad de locos?

Un día llega una nave espacial, proveniente de un lejano planeta llamado Tierra, tripulada por gente curiosamente semejante a los habitantes de X, pero de conducta sutilmente anómala.

35 - Los monstruos

Me gustaba balancearme en la silla mecedora, con el libro de cálculo dejado abierto en la falda con un dedo marcando distraídamente el sitio de la lectura. Oscilando levemente miraba el patio vecino. Me agradaba que la habitación estuviese en el segundo piso y que la única ventana, que era en realidad una puerta-ventana, diera hacia la cordillera; al abrirla por las mañanas el sol marcaba el dintel en las tablas. Me sentaba allí y miraba el patio de la casa vecina a través de los barrotes de hierro. Fumaba despaciosamente repasando las materias hasta que sentía el placer de dominarlas. Allí elaboré una teoría: las cosas difíciles, como la lógica formal y el cálculo, son como potros chúcaros, o como mesetas, con los que es necesario luchar por un tiempo para domarlos o escalarlos. Una vez pasada esa etapa desagradable dan mucho placer, un placer en cierto modo secreto, que conocen solamente los iniciados. Poca gente sabe eso: que las cosas difíciles dan más placer que las fáciles, una vez que se las domina.

En las tardes soleadas de fin de semana, la vida parecía quitar el pie del acelerador. Como buen estudiante pobre, alojado en casa de los abuelos, me quedaba repasando materias. El constante zumbido de los niños del patio de al lado no alcanzaba a sacarme de mi mundo interior; ellos jugaban tanto y tan constantemente que llegaron con el tiempo a constituir un verdadero ruido de fondo. Las veces que dejé de escucharlos, durante los tres años que pasé allí, me pareció que faltaba algo, algo que al comienzo no alcanzaba a percibir qué era; pero luego, con un movimiento de cabeza pensaba "Ah, los niños", y sonreía.

La habitación se llenaba de disparos, de quejidos agónicos, que no llegaban a ser molestos. Me gustaba el grito blanco de los tres niños; grito mil veces repetido. Ese "estás muerto" inocente, tan alejado de la muerte adulta; ese grito que pretendía asustar, emitido por una pequeña garganta que se esforzaba inútilmente por sonar gutural.

Arcángel, el mayor, con su hermana Andras, torturaban (fingiendo) al menor, Amy. Éste corría aterrorizado por el patio, seguido de cerca por Arcángel, quien esgrimía una lanza, mientras Andras dirigía la caza sentada en un tocón. El juego se repetía, con infinitas variantes. El vecino no se veía jamás, sólo su voz llamaba a los niños desde la casa; en respuesta los niños gritaban girando sus rostros: "Un rato más".

Andras a veces levantaba la vista, me observaba y hacia un guiño de complicidad.

Eran solo tres, siempre tres. Nunca vi a sus padres. Levantaba la vista del libro y pensaba "Estos niños son unos viciosos del juego".

A veces, ya oscurecido, cuando tendido en mi cama esperaba la hora de bajar a comer con los viejos, escuchaba un grito en el patio de al lado. Jugaban, pero más silenciosamente, influidos quizás por las sombras. ¿Es que no descansan? ¿Son infatigables?

***

–Mamá quiere verte –escuché que decía la voz del abuelo por el auricular. Él siempre le había dicho "mamá" casi como dándole un título honorífico, empleando un tono respetuoso. Ahora llamaba después de meses sin noticias.

–¿Está enferma la abuela? –Mi corazón dio un vuelco con una mezcla de sentimientos; el principal era: "Llama al nieto ingrato al lecho de su esposa enferma de muerte, que después de pasar tres años de estudiante en su casa deja correr veinte en que a lo más los pasa a ver 'de carrerita' en los viajes al sur, cuando sale de vacaciones con su mujer e hijos, o que se deja visitar en la capital cuando ellos hacen sus escasas incursiones a un control médico; y por cierto que las llamadas telefónicas y la tarjeta de saludo de rigor para Navidad no cuentan."

–Tú sabes cómo es esto –(Yo estaba en ascuas por saberlo).

–No, no lo sé, abuelo, no me asuste por favor.

–Pues, es como una vela que se apaga. Casi no se levanta. Se acuerda mucho de ti.

–Iré mañana –dije, tomando la decisión en ese instante–, pediré permiso en la Facultad y estaré allí mañana mismo.

–Se lo diré de inmediato a mamá, va a estar contenta.

La tarde era sombría cuando llegué a la casona de dos pisos. Las luces atenuadas tras las ventanas parecían copiar la luz del sol poniente filtrada por negros nubarrones. El abuelo me recibió con un abrazo.

–Ahora duerme –dijo en voz baja–, dejémosla descansar y sube entretanto a tu cuarto, el mismo que ocupabas hace veinte años, para que dejes tus cosas.

Nada parecía haber cambiado. Me tendí en la cama un momento pensando en la abuela.

"¡Estás muerto!", escuché que gritaba una voz de niño. Le replicaba un grito que pretendía ser de dolor, exactamente como los gritos de Amy, hacia tantos años. Me levanté y caminé hasta la ventana. Eran tres niños jugando en el patio vecino. Entonces los vi. Arcángel, Andras y Amy, estaban allí. Las fuerzas me abandonaron por completo, caí de rodillas. Eran ellos, los mismos.

Andras levantó su hermoso rostro para mirarme y frunció el seño. "Intruso", pronunció, solo moviendo los labios.

Entonces supe que no saldría vivo de esa habitación.

36 - La llamada de auxilio

–¡Aquí, aló, auxilio! –escuchó el radioaficionado.

Su corazón de buen samaritano se aceleró ante la perspectiva de una buena acción.

–Sí, le copio; cambio –respondió, ajustando la frecuencia.

–Estoy en la cumbre del Everest. Tengo problemas. Cambio.

–¿Necesita rescate? Cambio.

–No. Cambio.

–¿Alimento, medicinas? Cambio.

–No, lo que quiero es llegar más alto. Cambio.

37 - Los amigos

De pronto, Guillermo descubre que se ha quedado solo en el cementerio. El viento frío de la tarde deja oír su queja al deslizarse entre las hojas de los cipreses. Ve sombras que se mueven tras las sombras y apresura el paso. Cree encontrar el camino, pero se extravía. Vaga al azar buscando algún sitio reconocible que lo guíe a la salida. Toma un sendero estrecho.

En uno de los recodos, escucha un lamento:

–¡Por favor!

Un cadáver, de pie, le cierra el paso. El rostro sin labios, la boca que una vez albergó una lengua, dice:

–Amigo, por favor, ayúdeme a encontrar mi tumba. Estos cementerios modernos que crecen demasiado…

–Venga conmigo –contesta Guillermo.

Caminan uno junto al otro consultando lápidas, a la tenue luz de la tarde; van codo con codo, hombro con hombro.

El fantasma se llama Ricardo. Conversan largamente. En el futuro se visitan con frecuencia en sus respectivos domicilios y nace entre ellos una amistad entrañable.

Menudean diálogos como el siguiente:

–La muerte es un gran misterio –dice Guillermo, el vivo.

–La vida es un gran misterio –replica Ricardo, el muerto.

–Pero la muerte es tan extraña –añade Guillermo–, que no se debería llorar en los funerales, sino pasmarse y andar con la boca abierta.

–Es cierto, camarada –contesta Ricardo–, ¿pero no crees que la vida es tanto más rara que no se debería reír en los bautizos sino alarmarse y llorar a gritos?

–Puede que sí, pero la muerte es el misterio final.

–No, la vida es más misteriosa…

Pese a tales diferencias de opinión, la amistad se profundiza.

Ricardo, el muerto, es hablador, tiene mucho que contar de la muerte; Guillermo es parco, la vida le ha dado poco.

Prometen reencontrarse un día, en el más allá.

Hacen el juramento de continuar su amistad de por vida… y de por muerte.

38 - Informe de un naufragio

I

Deseo contarlo todo, antes que sea demasiado tarde. Hoy, previendo la fuga precipitada de mi tiempo, me apresuré a adquirir un cuaderno de notas. La librería de barrio, atiborrada de útiles escolares, me pareció una roca en el tiempo, el símbolo mismo de la permanencia y la estabilidad, con su existencia repetida pero sólida. El dependiente, ciego a mi envidia, cogió al vuelo las monedas que se escurrían entre mis dedos. Las cubiertas rojas del cuaderno me llevaron por un instante muy atrás, a mi época de escolar, con tiempos que tenían futuros. Vacío de esperanzas, me encerré en mi cuarto, encendí la estufa en un vano intento de calentarme el alma, y empecé a hilvanar estas líneas. Espero ser capaz de concluirlas, a pesar de mi mano temblorosa.

Todo comenzó una fría tarde de otoño, junto a la iglesia San Francisco, por el lado de Alameda. Había dejado atrás los problemas de la oficina y me sumergía en el delicioso ajetreo de la ciudad que se asoma a la noche; la gente se movía más suelta camino a casa o a la diversión; las tiendas todavía abiertas, regalaban su cuota de luz a la acera; las muchachas, riendo con el cuerpo, renovaban su confianza cotidiana en la vida.

Fue en ese momento habitual cuando descubrí que podía atravesar murallas.

Como todas las tardes a esa hora, esperaba movilización. Había adoptado esa postura característica, las manos en los bolsillos del pantalón, el cigarrillo colgando a su suerte del labio inferior, adherido tan sólo por la unión de una pizca de saliva con la resequedad del papel. Apoyaba el pie izquierdo contra la pared de la iglesia, con la pierna doblada hacia atrás. Concienzudamente adoptaba esa actitud que parece decir "miren, aquí estoy yo", o bien "¿ven como tengo tanto derecho a poner mi zapato contra el muro como cualquier otro?"

Repentinamente mi bus se aproximó tosiendo y salpicando hollín por el tubo de escape, aparición que puso en movimiento, como impulsadas por un resorte, a varias personas de entre el grupo. Al igual que ellas salté, o al menos intenté hacerlo. Con sorpresa me di cuenta que algo atrapaba mi pie izquierdo, como una garra. Irritado miré de soslayo hacia atrás, pues la inmovilidad de mi pierna me estorbaba y, sin entender todavía, descubrí mi pie hundido en la piedra hasta el tobillo, como si intencionadamente lo hubiera introducido en una batea de cemento fresco y esperado sádicamente el fraguado. El asombro me paralizó. Mi mente dio un salto mortal buscando desesperadamente un borde al cual asirse en la caída, algo real y firme donde afirmarse para salir de un sueño.

Pero quizás distorsiono la exacta proporción de mi sorpresa; es posible que al comienzo pensara que la pierna se me había acortado, ya que el pantalón y el zapato se hallaban extrañamente fuera del muro, un poco arrugados y blandos, produciendo una impresión más bien lastimera. Pero ese engaño no duró mucho, ya que palpando el zapato y el pantalón llegué a la conclusión de que el pie había pasado de algún modo a través de la suela y penetrado en la piedra, quedando inmerso por completo en ella. Pese al desconcierto y asombro que me embargaban, y por esas actitudes ilógicas que adoptamos frecuentemente en las ocasiones más críticas, mi primera reacción fue mirar en torno temiendo la curiosidad pública e intentar disimular una situación que se me antojaba comprometedora y hasta ridícula. Afortunadamente todos iban demasiado de prisa o encerrados en sí mismos como para reparar en mi persona. Sólo entonces dediqué toda mi atención al problema en que me hallaba. Mirando un poco de costado, hasta donde lo permitía mi incómoda posición, concentré mis sentidos en el pie cogido, comprobando que era incapaz de desplazarlo tan siquiera una fracción de milímetro. No había juego ente la materia sólida y la piel, sentía los dedos completamente inmovilizados en su funda pétrea. Por un momento pensé en la espada Excalibur, pero de inmediato sacudí esa distracción con un movimiento de cabeza, como quien espanta un insecto: debía concentrar mis energías, disminuidas por el pasmo y el terror incipiente, paralizadas por la sospecha de que mi pie jamás saldría de ese encierro, quedando allí, después de una fatal amputación que no quería imaginar, como un fósil milenario, expuesto a la curiosidad de futuros turistas. No experimentaba dolor, sino cierta presión sobre la carne y los huesos. Mi cuerpo, aún contra mi voluntad, cual animal atrapado en un cepo, en su propia selva, se conmovía en rápidos y frenéticos espasmos en su intento por zafarse. En un instante de lucidez pude aplacarlo. El pie debe salir, me dije, e intenté convencerme de que ello no era sólo posible sino necesario.

Empezaba a molestarme la rigidez forzada, me irritaba tener que permanecer de espaldas al muro, fingiendo que todavía esperaba movilización. A cada momento temía que alguien prestara atención a mi persona y diera la voz de alarma. Ese niño, por ejemplo, que pasaba de la mano de un adulto, podía gritar "¡Mira, mamá, ese señor con el pie metido en el muro!" Pero reflexioné que mi aspecto no debía ser asombroso sino lastimero: mi apariencia sólo la de un inválido que apoyaba desmañadamente su extremidad más corta en el muro de la iglesia.

Después de numerosos intentos comprendí que tirar de la pierna, aun con todas las fuerzas de que era capaz, incluso con la ayuda de ambas manos, no servía de nada; a lo sumo llamaría la atención y hasta podía terminar con el tobillo fracturado. Echando un poco atrás el cuerpo podía apoyar la espalda y los brazos en la pared, descansando un rato. Sin embargo, a los pocos minutos, esta posición resultó inconfortable y dolorosa para la rodilla de la pierna afectada. En algún momento una mujer se aproximó a preguntarme la hora. Se la dije, afectando naturalidad, y se alejó lentamente. Sequé la transpiración que me bañaba la frente y reflexioné. Cuando el pie entró fumaba vagamente. Extraje el pitillo de su envase con nerviosos golpes. Un par de cigarrillos cayeron al suelo. Encendí un tercero con mano trémula, aspiré el humo con fuerza y aguardé.

Al cabo de largos minutos el pie seguía atrapado. Renuncié a ese intento. Sentía cómo el pánico, líquido frío y denso, se me colaba por el cuerpo. La gente se deslizaba frente a mis ojos, atenuada, en sordina. ¿Tendría que pasar allí la noche, pegado a un muro, atrapado como un insecto en papel engomado? Los negocios ya cerraban sus puertas, de vez en cuando un coche policial pasaba inspeccionando la noche.

Quizás la distracción, me dije, estaba ausente de todo cuando esto pasó. Haciendo un pequeño esfuerzo mantuve la mente en blanco unos instantes, y ¡oh alivio! el pie se movió, se desplazó hacia afuera y la salida se detuvo bruscamente cuando reanudé la corriente de las ideas. Ahora estaban atrapados tan sólo los dedos. Un nuevo intento con igual sistema y salí fácilmente del cepo. El pie emergió de la piedra y entró en el zapato, como una película pasada al revés. Caminé como un loco, de un lado a otro, olvidado de mi tobillo adolorido, y me fui cojeando a casa.

II

Pasaron varios días. A nadie confié lo sucedido, temiendo que me tomaran por loco, y por momentos llegué a dudar yo mismo de que eso hubiera ocurrido realmente. Vivo en una antigua casona de La Reina, levantada con porfiados muros de hormigón, fabricados pensando en terremotos. Me acompañan dos tías de edad avanzada, a la cuales cuido, si bien ellas creen que cuidan de mí. Está además la Consuelo, que hace las veces de cocinera, mucama, enfermera de las tías, compañera de juego de cartas en la tardes de invierno y de la que decimos siempre que es "como de la familia", con lo cual ha obtenido el privilegio de sentarse a la mesa con nosotros y recibir un sueldo menor que el de una empleada doméstica corriente. Allí, en mi cuarto de soltero, tendido de espaldas en el lecho, repensé lo ocurrido. ¿Qué había pasado? Algo extraño, sin duda, pero ¿podía de algún modo resultarme provechoso? Decidí intentarlo de nuevo, ahora lúcidamente, en la tranquila intimidad de mi dormitorio. Cerré la puerta con llave para evitar las repentinas apariciones de Consuelo, que tiene la mala costumbre de entrar sin llamar, con el pretexto de pasar el plumero aquí o allá, creyéndose dueña de toda la casa. Me aligeré de la ropa pesada y me dirigí a uno de los muros laterales, que separa mi habitación de un cuarto que utilizamos sólo para almacenar objetos en desuso.

Con el tiempo descubrí muchas cosas, que intentaré resumir. El fenómeno en cuestión se regía por leyes inviolables, como ocurre, por lo demás, con todos los fenómenos así llamados naturales. Ese poder descubierto azarosamente, concedía ciertas licencias, pero a la vez imponía limitaciones, e incluso riesgos. Podía atravesar un muro cuando dejaba de pensar, pero, si en el preciso instante en que me encontraba traspasándolo me ocurría pensar algo, aun la más pequeña vislumbre de idea, el proceso se detenía y quedaba atrapado, como ocurrió en la Alameda. Por otra parte, mi ropa, o cualquier objeto que llevara conmigo, quedaba atrás: pasaba, pero desnudo por completo. En la pared de mi cuarto hice numerosos experimentos, hasta llegar a dominar la técnica por completo. Me dirigía hacia el muro caminando normalmente, sólo que con la mente en blanco. Veía la muralla venírseme encima, los dibujos del papel se hacían cada vez más grandes hasta salirse del enfoque de mi vista; pero no debía vacilar ni una fracción de segundo siquiera, debía seguir adelante, inmutable. Entonces, era pasar a través de una masa muy compacta de niebla. Llevado de mi propio impulso me encontraba de pronto, desnudo, en la otra habitación. Para retornar, usaba el mismo expediente.

Pero ocurría a veces que, en medio del proceso, me asaltaba un leve y fugaz pensamiento. Experimentaba entonces un choque con la tenaz materia, quedaba atrapado. Esos choques eran dolorosos, tanto como puede serlo el encuentro con un obstinado cuerpo sólido. Muchas veces quedé a medias atravesado en el muro de mi habitación e incluso en otros muros. El problema no me preocupaba si era una pierna o un brazo el cautivo, ya que apoyándome en el piso con la extremidad no aprisionada, o presionando el muro con la mano libre, aunque por cierto sin pensar en lo que hacía, escapaba fácilmente del encierro. Pero una vez el muro me detuvo con todo el cuerpo adentro, e incluso la cabeza penetrada en su masa; uno de mis ojos miraba con espanto el cuarto vecino, mientras el otro se abría inmóvil contra el áspero concreto. El aire llegaba penosamente a mis pulmones, impulsado a duras penas por un tórax comprimido. Esa vez estuve realmente asustado. Sufrí esa incómoda postura quizás una hora, quizás dos, mientras, realizaba infructuosos esfuerzos por escapar de allí. Afortunadamente, me había quedado una mano libre; con ella pude tirar penosamente, apoyando los dedos contra el muro, liberando un brazo primero, luego el otro, para huir por fin de aquel emparedamiento.

Después de esa experiencia cobré cierto respeto a la nueva capacidad de mi cuerpo. Temía atravesar muros muy gruesos. Con el tiempo, sin embargo, perfeccioné mucho la habilidad de mantener vacía mi mente. Cerraba la corriente del pensamiento como quien gira un grifo de agua y franqueaba los muros invariablemente sin dificultad. Además, como precaución, elaboré un procedimiento seguro que consistía en pasar de costado, con los brazos totalmente extendidos, en ángulo recto con el cuerpo. De este modo, si quedaba atrapado, algún brazo permanecía afuera y podía utilizarlo como palanca para liberarme. Con el objeto de dar al lector de este informe una idea más precisa de la técnica en cuestión, pediré que me imagine avanzando hacia el muro, de costado, con los brazos perpendiculares al cuerpo, como podría haberlo hecho una de esas figuras grabadas en los templos del antiguo Egipto.

Una vez dominada por completo la mecánica de mi nuevo poder, y seguramente por ese sino de la naturaleza humana de mal emplear cada potencialidad nueva que adquiere, me puse de inmediato a la tarea de planear robos a bancos, a hoteles de lujo y a casas de millonarios. Con ese propósito, me vestía ligeramente. (Recuérdese que cada vez que trasponía un muro debía volver a recoger mis efectos personales). Así fue como penetré en bancos y residencias, siempre al alba, para contar con luz natural, pues de nada me valía una linterna, impermeable al cemento y a la piedra. Invariablemente cogía el dinero, desechando joyas y piezas de arte, difíciles de transportar y reducir, y salía con mi botín por la puerta principal o de servicio a recoger mi ropa tirada junto a un muro.

Tales correrías, sin embargo, no estuvieron exentas de peligros. Cierta vez, por ejemplo, una jauría de perros que me perseguía con su clásica furia sin atenuantes, quedó con un palmo de narices cuando atravesé a la carrera la tapia de un jardín. El caso se complicó inesperadamente al no poder recuperar mi ropa so pena de enfrentarme de nuevo a las fieras. Volví desnudo a casa, pegado a los muros, ocultándome de ocasionales transeúntes en el interior de automóviles estacionados. En otras ocasiones, al cruzar una pared o tabique, me topaba con personas asustadas o atónitas, que me observaban con desorbitados ojos o gritaban sordamente.

Jamás me atrapó la policía. No le temía. Sabía que me buscaban afanosamente, pero, ¿qué sacarían con encerrarme? Me habría reído de ellos en sus caras y a las pocas horas andaría de nuevo por la ciudad.

Por cierto, todas estas actividades afectaron mi vida cotidiana. Llegaba tarde a la oficina y, acosado por el sueño, cumplía mal mi trabajo. El jefe me llamaba reiteradamente la atención. No obstante ello, no renuncié a mi empleo, que me servía como pantalla para ocultar mi verdadera actividad y despistar a la policía.

En casa también se presentaron dificultades. De alguna forma Consuelo advirtió mis fugas nocturnas y la sorprendí varias veces en secreteos con las tías. Empezaron los reproches, las miradas recelosas, las recriminaciones. Pero, ingratas, las tres aceptaban complacidas el mejor nivel de vida que les daba mi dinero, que si bien no gastaba a manos llenas, temiendo despertar sospechas, tampoco lo almacenaba como un avaro.

III

Las cosas se habrían prolongado de este modo quién sabe cuanto tiempo, si no se hubiera presentado de pronto un fenómeno nuevo y de una gravedad que en un comienzo no aprecié en toda su magnitud. Ese hecho novedoso consistía en que la penetración de sólidos empezaba a dejar de ser voluntaria. La primera manifestación de ello fue que se me caían los objetos de las manos, como si se escurrieran entre los dedos. Debía hacer un esfuerzo mental para mantener las cosas con firmeza. No tenía problemas para tomar el lápiz y escribir, porque esa tarea me obligaba a pensar y en consecuencia a afirmar mi materialidad. En cambio, nada podía hacer en forma distraída sin riesgo de que los objetos se esfumaran, ¿o debo decir yo me esfumara? Me alarmé muchísimo cuando amanecí un día debajo de la cama. Durante el sueño había traspasado el colchón y los travesaños del somier sin darme cuenta.

Hace poco, desperté medio sepultado en el piso. Salí trabajosamente, a fuerza de brazos.

Asustado, he optado por encerrarme en mi cuarto. Ya no puedo ir a ninguna parte. Eso fue ayer. Desde entonces el proceso se ha acelerado mucho. Ahora, al caminar me hundo parcialmente en el piso, como si me desplazara por arena movediza. Además, es sumamente molesto que la ropa no se me sostenga sobre los hombros; si me descuido por un momento, se me escurre por el cuerpo como agua y cae al piso con sonido opaco. He optado por no usar ropa en absoluto, lo cual resulta muy incomodo ahora, a la entrada del invierno. Mantengo constantemente encendida la estufa, en un vano intento de calentar mis inconsistentes huesos.

He pasado todo el día luchando contra esa desmaterialización que aumenta. ¿Qué equilibrio precario subsistía en mi cuerpo antes de que esto comenzara? Permanentemente debo contrarrestar la fuerza gravitacional que me tira hacia abajo, que me succiona y atrapa, como una poderosa garra invisible. Si me distraigo por un instante siquiera, me hundo hasta la cintura y debo salir con gran esfuerzo, y luego tengo que concentrarme para que el proceso no recomience.

Consuelo ha venido varias veces a golpear la puerta, preguntando si me hace falta algo, si deseo la comida en el cuarto. La tranquilizo con buenas palabras. La escucho preocupada, casi histérica. Ahora están las tres detrás de la puerta, rogándome que las deje entrar.

Si esa puerta se abriera verían el espectáculo de un hombre hundido hasta el pecho en el piso de la habitación, con un cuaderno de notas y una pluma en la mano, esforzándose por escribir. Soy un náufrago cansado de mantenerse a flote. He renunciado ya a continuar esta lucha infructuosa.

Ahora sus gritos se han tornado más insistentes y sus inútiles golpes en la puerta retumban en mis oídos. Nada puedo hacer por ellas. Aun si quisiera no sería capaz de abrir esa puerta.

Ya estoy hundido hasta las axilas.

Me cuesta trabajo respirar.

Apoyo el cuaderno en el piso y escribo. Creo que estas serán mis últimas palabras. Solo el pensamiento me mantiene a flote.

Penetraré en el suelo por completo, de pie, lo veo claro. Volveré desnudo al seno de la tierra. Quién sabe a qué profundidad se detendrá el descenso de mi cuerpo.

Cuando me sumerja totalmente, quedarán como mudos testigos de mi suerte, un montículo de ropa en el centro del cuarto y este cuaderno tirado en el piso.

Ahora lo sé.

Tres ancianas gritan tras la puerta…

El laberinto propiamente tal

39 - Minotauro

El turista griego que visitaba el laberinto, en el cuadragésimo recodo, (había girado siempre a la derecha, como le recomendaron), se encontró de pronto frente al Minotauro. Al comienzo se asustó: a la luz de la antorcha lo encontró terrible de ver, pero también sucio y triste.

–Señor –escuchó decir al monstruo–, me encuentro extraviado. ¿Podría indicarme la salida?

40 - El laberinto

Los ingenieros, los capataces, cada obrero, tomaron la obra como algo propio. Construyeron el laberinto, felices, asombrados de su industria, de lo bien que les estaba quedando. Los arquitectos se negaban a trazar planos: es algo demasiado grande y secreto para admitir una representación gráfica, decían. Por ello el diseño se iba haciendo en el mismo acto de avanzar por túneles y pasadizos. Los hombres se otorgaron mutuamente títulos y medallas, premiando la hermeticidad de las paredes y la complejidad y abundancia de la trama.

Un día, de pronto, en el fondo de un profundo túnel, descubrieron que habían olvidado la forma de salir.

Índice

Editorial LibrosEnRed

LibrosEnRed es la Editorial Digital más completa en idioma español. Desde junio de 2000 trabajamos en la edición y venta de libros digitales e impresos bajo demanda.

Nuestra misión es facilitar a todos los autores la **edición** de sus obras y ofrecer a los lectores acceso rápido y económico a libros de todo tipo.

Editamos novelas, cuentos, poesías, tesis, investigaciones, manuales, monografías y toda variedad de contenidos. Brindamos la posibilidad de **comercializar** las obras desde Internet para millones de potenciales lectores. De este modo, intentamos fortalecer la difusión de los autores que escriben en español.

Nuestro sistema de atribución de regalías permite que los autores **obtengan una ganancia 300% o 400% mayor** a la que reciben en el circuito tradicional.

Ingrese a www.librosenred.com y conozca nuestro catálogo, compuesto por cientos de títulos clásicos y de autores contemporáneos.

www.ingramcontent.com/pod-product-compliance
Lightning Source LLC
LaVergne TN
LVHW091005080826
845145LV00003B/1140

* 9 7 8 1 5 9 7 5 4 8 8 3 0 *